Et je me suis dit

Marie-Claire Busnel
Marie Chiocca

Et je me suis dit

Histoire de vie

Édition : BoD – Books on Demand, info@bod.fr
Impression : BoD – Books on Demand, In de Tarpen 42,
Norderstedt (Allemagne)
Impression à la demande
Illustration : Marie Chiocca

ISBN : 978-2-3224-9960-1
Dépôt légal : Novembre 2023

Avant propos

Pourquoi cette œuvre avec Marie Chiocca ? Moi qui ai toujours décrit mes travaux et mes résultats, parler de ma vie personnelle !

Peut-être l'âge a-t-il amoindri mes inhibitions. Peut-être... Peu importe le pourquoi de cette collaboration qui – enfin aboutie – est ici soumise à votre sagacité, chers lecteurs.

Le parcours de chaque chercheur est original, particulier et inattendu et représente toujours une aventure. C'est l'une de ces aventures que Marie Chiocca, l'écrivaine, et Marie-Claire Busnel, la narratrice, vous convient à rencontrer.

Marie-Claire Busnel

C'est ce qu'on appelle la voix du d'dans

ça fait parfois un d'ces boucan

Léo Ferré, *Vingt ans.*

Les souris sourdes

Dans les années quatre-vingt, j'avais lu un tiré à part d'un médecin qui préconisait de cesser de faire travailler les femmes enceintes en usine, sous peine d'accouchement prématuré. Était-ce le niveau sonore particulièrement élevé qui était en cause, provoquant un stress maternel ? Le fœtus lui-même était-il impliqué ? Dans l'affirmative, quelle en était la raison puisque l'époque supposait que le fœtus n'était pas encore « entendant » ?

Je me suis alors lancée dans l'étude des effets sur le fœtus des bruits, intenses ou non, auxquels on exposait la future mère. Selon les pratiques usuelles, j'ai commencé mes recherches sur des animaux avant de tester directement les humains.

Il existait une lignée de souris génétiquement sourdes. En facilitant l'accouplement de femelles entendantes avec des mâles sourds et l'inverse, on pouvait comparer des petits entendants de mères sourdes et des petits sourds de mères entendantes. Il devenait ainsi possible d'attribuer les effets éventuels soit à l'audition du fœtus, soit au stress maternel, soit aux deux.

À mon grand étonnement, alors que le fœtus de souris – comme le fœtus humain – était considéré comme sourd pendant la gestation et jusqu'à neuf jours après sa naissance, je me suis aperçue que l'exposition au bruit affectait tous les souriceaux. En effet, les souriceaux, sourds ou non, qu'on avait soumis à un bruit de métro pendant la gestation et exposés à ce même bruit après la naissance, vivaient leur vie normale. Le groupe-témoin au contraire, préservé de ce même bruit pendant la vie intra-utérine, s'égaillait, comme terrifié. J'en ai conclu que les souriceaux soumis au bruit du métro pendant la gestation s'y étaient accoutumés, malgré la maturation inachevée de leur organe auditif. Cette observation a déclenché à la fin de ma carrière mes recherches sur l'audition prénatale du fœtus humain. D'apparence éloignée de la physionomie humaine, le modèle animal permet de raccourcir singulièrement le temps d'acquisition des premières constatations car les souris se reproduisent en un an, alors qu'il faut environ 20 ans à l'être humain pour atteindre sa maturité.

Une anecdote me revient au sujet des souris. Une autre lignée de souris, lignée phare de notre laboratoire de recherche, occupait plusieurs chercheurs. Celles-ci étaient sujettes à des crises de forme épileptique, provoquées par un niveau sonore élevé. Nous les faisions venir d'un laboratoire de génétique des États-Unis possédant toutes sorte de lignées différentes. À la suite d'un malencontreux incendie dans lequel tout son stock périt, ce laboratoire se mit en quête des clients auxquels il avait livré des lignées avec des propriétés particulières et qui pourraient lui en rendre. Nous décidâmes de l'aider à reconstituer son stock. Devant me rendre aux USA pour un congrès, je décidais de leur rapporter des souris de la lignée à crise audiogène que nous avions gardées. Mais comment éviter que le bruit de l'avion ne provoque chez certaines ces crises, parfois mortelles ?

Il fallait leur injecter un tranquillisant. Or, celui supporté par les souris ne faisait effet que trois heures alors que le voyage en durait sept. À cette époque, la France lançait le *Concorde* et éprouvait des difficultés à le faire atterrir à New York, après ses trois heures de vol, à cause du bruit. L'avion volait quasiment à vide ; quant à moi, je n'avais pas de quoi financer pareil voyage. Aussi, j'imaginai de me faire transporter par le *Concorde*, moi et mes souris, gratuitement à titre publicitaire.

— Songez à la publicité que cela vous ferait : « Les souris qui craignent le bruit prennent le *Concorde* ! »

Air France refusa et je me rabattis sur une ligne ordinaire avec mes trente souris. Après une première injection de tranquillisant à l'aéroport, il en fallait une seconde en vol, à effectuer en catimini sur ces « passagers clandestins » dans mon bagage à main. Je ne décris pas mon angoisse d'en laisser échapper une : quand on la pique, la souris mord, souvent, et instinctivement on la lâche :

— Et si j'en lâchais une ? ne cessais-je de me répéter.

Mais je m'étais inquiétée inutilement. Aucune ne m'a mordue.

Je leur avais fait établir des papiers vétérinaires. En débarquant à New York, je me mis en quête d'un gradé, pressentant des problèmes de douane à n'en plus finir. J'en avise un, qui avait l'air de surveiller l'équipe :

— *Sir, I think I have a problem. I have live mice,* lui ai-je déclaré.

— *Lady, you sure have a problem,* répondit-il.

Il m'a emmené lui-même à travers les dédales de l'aéroport jusqu'au vétérinaire, qui a levé la tête et, imitant l'adresse de Stanley au Dr Livingstone, a lancé :

—*Dr Busnel, I presume !*

Finalement ces précieuses souris me quittèrent sans avoir posé de problème.

La création

En 1948, j'avais vingt-quatre ans et j'arrivais des États-Unis en quête d'un travail. René-Guy Busnel créait un nouveau laboratoire et cherchait une assistante. Ma tante avait une amie qui le connaissait. Elles s'en sont parlé, et nous nous sommes rencontrés.

— J'ai regardé ses jambes, racontait toujours Guy, et j'ai considéré que ce serait une bonne assistante pour moi.

De plus, il trouva que je répondais bien, que mes propos étaient intelligents. Quant à moi, je fus séduite par le personnage et le sujet de recherche.

Guy fut d'abord mon patron, je n'ai pas été tout de suite amoureuse de lui mais j'étais quand même très intéressée. J'avais eu plusieurs « flirts », selon les termes de l'époque, et je souhaitais trouver ma voie profession- nelle avant de me marier. Dans mes rêves, je voulais un mari qui ne m'ennuie pas. Je voulais qu'il m'amuse, qu'il m'intéresse, qu'il soit tout le temps nouveau, tout le temps créatif. J'avais gardé de ma jeunesse l'image angoissée de couples mangeant en face-à-face sans s'adresser la parole.

— Quelle horreur de s'ennuyer toute une vie avec un mari à qui on n'a rien à dire ! songeais-je en moi-même.

Cette inquiétude était vive, malgré la leçon que mon père m'avait donnée après un grand dîner auquel il m'avait emmenée car il ne voulait pas s'y rendre seul, ma mère étant empêchée :

— Ce que j'ai pu m'ennuyer à ce dîner ! Que ce soit à droite, à gauche ou en vis-à-vis, je n'avais personne d'un tant soit peu intéressant ! avais-je ronchonné du haut de mes seize ans.

— Tu es fautive, m'avait-il rétorqué, tu dois apprendre à savoir tirer des gens ce qu'ils ont d'intéressant à dire. Ils ont tous un intérêt, à toi de savoir le découvrir.

Je n'ai jamais oublié cette leçon !

Guy était insupportable mais il avait une intelligence comme j'en ai peu connue, faite d'une grande imagination, de lectures abondantes, d'une mémoire d'éléphant, d'un tempérament littéraire, d'un grand amour de l'art, des voyages, de tout ce que j'aimais. Il avait beaucoup de charme, il parlait bien. J'avais une très grande admiration pour ses réussites, son côté intellectuel. Il lui suffisait de vouloir, il y arrivait toujours, tant il était persuasif. C'était un charmeur.

Il était dans un petit laboratoire du CNRS qui tenait dans une seule pièce, rue Saint-Jacques à l'Institut Océanographique. Il travaillait comme physiologiste sur les pipéridines. Il connaissait les travaux de Donald Griffin sur les chauves-souris et avait décidé d'entreprendre une nouvelle recherche sur le comportement acoustique chez l'animal. Grâce à la récente mise au point d'appareils à capter les ultra-sons, Griffin avait découvert que les chauves-souris en émettaient pour se diriger. Les chauves-souris utilisent une écholocation ultra-sonore pour contourner les obstacles. Lorsqu'elles approchent d'un objet, la fréquence de leurs émissions acoustiques croît, et elle décroît quand elles s'éloignent de l'objet. Guy a émis l'hypothèse que d'autres animaux devaient utiliser cette technique pour leurs déplacements.

Ce fut l'une des questions à résoudre par le laboratoire de physiologie acoustique à ses débuts. À cette époque, l'Afrique du Nord était envahie par des nuées de sauterelles, qui commençaient également à s'abattre sur le Sud de la France. Les agriculteurs déversaient sur elles des insecticides à foison, mesures aussi onéreuses que dommageables pour les sols où le produit s'installait durablement. C'est alors que Guy proposa d'essayer de diriger les vols de sauterelles à l'aide d'émissions sonores.

Guy, qui demandait la création d'un laboratoire de physiologie acoustique, se heurta au vote négatif des autorités, en particulier du Pr Grasset, le pape de l'entomologie d'alors :

— Moi vivant, Busnel n'ouvrira pas un laboratoire d'acoustique au C.N.R.S. ; c'est un sujet dont il ignore les rudiments ! tonnait le Pr Grasset.

— C'est vrai, je n'y connais rien, mais j'apprendrai et l'idée vaut la peine d'être investiguée, objectait Guy.

Grasset était tellement opposé à nos travaux que, m'attendant à me faire assommer pour ma thèse, j'ai donc décidé d'attendre qu'il prenne sa retraite puis ai demandé à la Sorbonne de me confier à un nouveau directeur de thèse. Pour m'entendre rétorquer par l'administration de l'université que les professeurs pouvaient continuer à diriger les thèses en cours.

Alors je me suis lancée. Je l'ai soutenue et Grasset de crier à qui voulait l'entendre :

— Madame Busnel est formidable ! C'est la meilleure thèse que j'ai eue depuis des années ! Elle est drôlement intelligente la bougresse !

Aucun compliment ne m'a jamais fait plus plaisir. Et dire que j'avais traîné dix ans, uniquement pour éviter de soutenir sous sa direction !

Guy avait été élève horticole dans sa jeunesse et avait impressionné pendant ses études certains professeurs, parallèlement chercheurs à l'INRA, qui n'ont pas hésité à le suivre dans ses rêves et à subventionner ses premières recherches sur les essais d'attraction ou de répulsion acoustique appliquées aux animaux prédateurs agricoles.

Les locustes[1], dévastatrices auparavant en Afrique, commençaient à envahir le midi de la France, et en particulier la plage – vierge à l'époque – près de Palavas-les-Flots. Guy considéra qu'elle serait parfaite pour commencer la recherche. Il conclut une autre

____

1 *Locusta Migratoria*, grosse sauterelle dévoreuse de cultures, déjà mentionnée dans la Bible

alliance avec le CNET, le Centre National d'Études des Télécommunications, et constitua une équipe composée du directeur, de son assistante – c'est-à-dire moi –, d'un physicien acousticien retraité et de deux ingénieurs du CNET. Ce centre nous prêta les appareils enregistreurs et les analyseurs acoustiques. Nous achetâmes, pour une somme dérisoire, un vieil autobus parisien avec plate-forme arrière mis au rancart. Nous remplaçâmes une partie des sièges par des tables pour en faire un laboratoire et nous partîmes ainsi, personnel assis à l'avant et matériel à l'arrière. Mon admiration pour Guy se décupla alors, car non seulement il avait conçu la recherche, trouvé le terrain – Palavas –, mais encore il ne manquait pas un clou : il avait tout prévu, tout organisé, tant au plan scientifique qu'au plan logistique, depuis les véhicules et le transport jusqu'au matériel emporté, tout était minutieusement prévu ! L'organisation était impeccable. Moi, quand je pars en voyage, il est rare que je n'oublie pas quelque chose, même dans mes affaires personnelles ; lui, c'était le contraire !

Nous voilà donc partis avec notre autobus pour une mission de deux mois à Palavas-les-Flots. Ce fut formidable, cette grande plage de sable blanc magnifique, déserte ! Nous avions installé une tente laboratoire, une tente de vie pour le personnel et le camion laboratoire qui devait éviter d'avoir du sable infiltré dans tous les appareils. Le camp militaire à proximité nous a prêté du câble, déroulé par les soldats le long du chemin de sable longeant cette plage, nous procurant ainsi l'électricité.

C'était très rustique. Tous les jours, de cinq à sept, tout le monde se réfugiait sous la tente tellement il y avait de moustiques, c'était insupportable. Nous tentions de tout fermer, portes et interstices, mais malgré les moustiquaires que nous avions tendues, nous étions piqués sur tout le corps. Modérément d'ailleurs, le bruit des insectes nous gênant davantage. Tout le monde prenait de la vitamine B_6 car elle permet d'être beaucoup moins assailli par les moustiques. Plusieurs d'entre nous ont néanmoins attrapé la dengue, qui les a affectés durant plusieurs années.

En ce qui concerne les sauterelles, nous nous sommes aperçus que l'effarouchement acoustique n'a pas d'effet sur les individus adultes. Quand elles sont en vol et en groupe, quels que soient les bruits émis, elles partent et vont leur chemin sans que rien ne puisse les dévier de la direction choisie. En revanche, elles se mettent en bande quand elles sont immatures, avant d'avoir leurs ailes. Elles sont alors à terre, incapables de prendre leur essor, et là, elles sont sensibles au son et susceptibles d'être dirigées. Nous avions prévu de les mener à des sortes de fosses où elles seraient tombées, puis nous les aurions noyées sous la chaux. En tuant les larves, nous avons réussi à éviter que les vols ne se forment.

Malheureusement cette technique ne fut pas largement retenue pour les pays ravagés par ces insectes car l'instance internationale régissant cette lutte antiacridienne préféra favoriser la lutte chimique.

Nous continuâmes nos études d'insectes à Palavas où existaient plusieurs espèces. Ce faisant, nous trouvâmes sur la végétation de l'arrière-plage, une vague lande laissée vierge, de nouveaux insectes : des éphippigères, ravageurs de vignes. Nous parvînmes à les éloigner des vignes par des émissions sonores.

Après cette mission merveilleuse, le Pr Grasset, se ravisant, a trouvé notre travail intéressant et nous a invités dans le champ qui longeait une de ses propriétés en Dordogne, afin de nous permettre l'étude du comportement d'autres espèces d'insectes.

L'année suivante, je suis repartie aux États-Unis voir mes parents et réfléchir. Au bout de trois semaines d'une correspondance quotidienne – le téléphone n'était pas le moyen de communication répandu qu'il est devenu –, je reçus de Guy ce petit mot :

— Il faut absolument que vous reveniez. Depuis que vous êtes partie tout va mal, je n'arrive plus à rien dans le laboratoire, tout se cache, je perds tout ; par la même occasion si vous m'épousiez ce serait pas mal.

Et moi de lui retourner ce constat :

— La vie aux États-Unis me plaît décidément beaucoup.

Toutefois, j'ai décidé que je préférais la vie en France. J'y suis donc revenue et j'ai accepté de l'épouser l'année suivante.

— Avec celui-là, nous aurons toujours quelque chose à nous dire, me suis-je convaincue, et puis, si nous créons ce laboratoire ensemble, je participerai vraiment à la vie active, nous aurons ce lien professionnel qui aidera, si d'aventure nous devons passer par des phases moins agréables au plan émotionnel.

Nos recherches se sont étendues aux oiseaux qui attaquent les vignes et les arbres fruitiers. Nous tentions d'effaroucher les prédateurs – corbeaux ou pies – en mimant leurs cris de détresse. Cela fonctionne à la perfection. Nous avions enregistré moins de succès avec les corbeaux et les étourneaux. Ils sont si intelligents qu'ils ont très vite compris, en deux ou trois jours à peine, que ce n'était pas pour de vrai. À ce moment-là, nous avons établi un roulement de chants divers, histoire qu'ils ne s'habituent pas ; cela marchait un peu mieux : ils se laissaient leurrer le temps de la récolte. Ce temps n'était pas tellement long et nous avions obtenu l'accord d'un certain nombre de voisins pour la sauvegarde du cultivateur. Cependant, d'autres villageois proches des fermes, ne supportant pas d'entendre au milieu de la nuit ou le matin dès le réveil des cris d'oiseaux, se sont plaints et ont fait circuler des pétitions. Nous avons été obligés d'arrêter.

Par la suite nous avons eu davantage de moyens pour éviter les accidents d'aviation dus aux oiseaux aspirés par les moteurs à réaction. Là, le succès fut spectaculaire et la méthode est encore utilisée par certains aéroports.

Nous avons aussi travaillé sur les perroquets – des inséparables plus précisément – dont nous avons établi le « vocabulaire ». Durant cette étude nous avons pu observer leurs réactions au décès d'un des deux membres du couple. Nous avons eu, par deux fois, après la mort de la femelle, le mâle qui se laissait complètement aller, au point de refuser toute nourriture. En leur repassant le chant de leur femelle, ils avaient consenti à vivre et avaient même accepté par la suite une autre femelle, ce qui est assez rare chez les inséparables.

Lorsque l'INRA a ouvert un nouveau centre à Jouy-en-Josas, on nous a invités à installer notre laboratoire dans les bois, dans un bâtiment de deux étages, dont un dédié au laboratoire des petits vertébrés avec lequel nous avons longtemps collaboré – et deux étages pour nous tout seuls, c'était absolument magnifique ! Alors, le laboratoire de physiologie acoustique a pris de l'extension, gagné en importance, obtenu des crédits, accueilli des étudiants, et nous sommes passés de deux personnes à quatre, à six puis à huit, jusqu'à être, à l'apogée du laboratoire, une dizaine de chercheurs. Cet âge d'or de la recherche, on le doit aux décideurs de l'époque qui acceptaient que chaque chercheur ait son technicien pour développer sa recherche, ainsi qu'un soutien logistique important. Nous avions un chef d'atelier, un chauffeur, deux secrétaires. Au plus fort de la vague, nous avons eu trois personnes au secrétariat, une femme de ménage par étage, c'était Byzance ! Chacun n'avait vraiment plus qu'à s'intéresser à sa recherche, le patron faisant la plupart des démarches de représentations.

Malgré la grande réussite de nos travaux de recherche, aussi bien pour les sauterelles que pour les oiseaux, malgré les économies promises par l'effarouchement acoustique et son moindre impact sur l'environnement, la puissance des marchands de pesticides croissant en importance, les décideurs ont quand même tranché en faveur des pesticides. L'effarouchement acoustique a été pratiquement abandonné.

Les bébés

Dans les années 1970-1980, nous fûmes incités à travailler sur le bruit du fait de l'importance croissante qu'on ne cessa de lui accorder en tant que nuisance environnementale. Le laboratoire d'acoustique animale de l'École Pratique des Hautes Études fut créé et nous avons étendu les recherches à la quasi-totalité des animaux en mesure de présenter un comportement acoustique. Comme nous coordonnions ce laboratoire avec le précédent de l'INRA, nous avons choisi de travailler plus spécialement sur les animaux agricoles et des eaux et forêts, en privilégiant les relations mères-jeunes chez les animaux d'élevage (truie-porcelet, chèvre, brebis, vache et accessoirement chevaux). Nous avons trouvé un nombre incalculable d'applications des émissions sonores, tant en vue d'améliorer les rendements des élevages que dans celle d'améliorer leur bien-être.

Mais en fait, le nouvel interêt pour les effets de l'environnement sonore en général ouvrait tellement de questions que nous n'avons eu que l'embarras du choix.

La diversification des études de laboratoires suivait les questions, posées éventuellement par les étudiants, qui cherchaient un lieu bien équipé pour effectuer leur thèse. Ceci pouvait donner l'impression d'une grande dispersion des recherches. Cependant, toutes envisageaient un aspect des effets de la stimulation sonore sur le comportement.

Une des questions fut celle des effets du bruit dans les écoles sur les élèves. Leur financement spécifique nous permit d'avoir assez de matériel et d'étudier des techniques pour insonoriser les cantines de deux écoles. De la sorte, nous pûmes mesurer avant et après l'insonorisation différents aspects de l'effet de la diminution du bruit durant les repas. Par exemple sur les capacités d'attention des élèves en classe avant et après le déjeuner, la variation en quantité de nourriture absorbée, en temps passé au repas, le volume des déchets, etc..., ainsi que le niveau d'agressivité dans la cour de récréation. Les résultats furent spectaculaires ! Les enfants mangeaient deux fois plus, laissaient deux fois moins de nourriture, étaient moins agressifs après le repas, plus attentifs pendant la classe suivante, et ainsi de suite. Malheureusement, ces résultats restèrent inutiles car l'Éducation nationale ne trouva pas les fonds nécessaires pour effectuer l'insonorisation des cantines !

Dans le domaine de la santé publique, une certaine inquiétude commençait à se faire jour sur les effets de bruits intenses et de longue durée sur la santé publique, et plus particulièrement sur les groupes les plus sensibles parmi lesquels se trouvaient les femmes enceintes.

Peut-être plus fragiles, plus fatigables, mais aussi porteuses de fœtus dont l'organe auditif en formation pourrait être impacté par les excès de bruit.

Ainsi toutes ces recherches qui tentaient de déterminer les bienfaits des signaux acoustiques m'apportèrent un nouvel intérêt sur le rôle de ces signaux dans le comportement de nombreuses espèces animales, de l'insecte au dauphin.

À cette époque on considérait que le fœtus humain était sourd. Or, à l'état de fœtus, l'organe de l'audition des souris est moins évolué que celui de l'homme. Puisque j'avais démontré qu'un organe immature possède une capacité d'accoutumance, je me posais la question :

— le bébé humain peut-il apprendre de son environnement sonore *in utero* ? Ou, au contraire, plus fragile, réagirait-il à des stimulations intenses ? Plus généralement, un organe humain immature a-t-il la possibilité d'emmagasiner des informations ?

Après avoir mis en évidence l'effet des bruits intenses sur le rythme cardiaque des fœtus, j'ai démontré que des bruits forts sans signification provoquant un sursaut du fœtus *in utero* ne le font plus sursauter après sa naissance. Il y avait donc habituation à un bruit entendu de manière répétitive durant la gestation.

Avec Carolyn Granier-Deferre, une de mes thésardes préférées, restée dans le laboratoire après la soutenance de sa thèse et devenue une de nos meilleurs chercheurs, nous avons commencé par l'étude de l'effet de stimulations sonores – musique, voix chantée ou parlée – sur les prématurés, et nous avons montré qu'entendre à nouveau après leur naissance une musique écoutée par la mère pendant sa grossesse calmait ces enfants. Ils dormaient mieux et « profitaient » davantage, selon l'expression consacrée.

Nous avons commencé par faire chanter les mères avant la naissance et étudier la réaction des fœtus. Une anecdote amusante illustre cette imprégnation sonore prénatale : alors que la télévision venait filmer nos expériences, Carolyn avait choisi deux couples de parents de bébés de deux mois, comprenant chacun un musicien. Il s'agissait d'une part d'une mère enseignant la harpe, et de l'autre d'un père écoutant du jazz du matin au soir. Diffuser une musique de harpe au bébé habitué à cet instrument *in utero* ne l'a pas éveillé, alors que le jazz l'a non seulement réveillé mais fait hurler, comme nous nous y attendions. En revanche, c'est la harpe qui a joué ce dernier rôle auprès du bébé habitué au jazz *in utero* ! Ainsi ce n'était pas le type de musique qui endormait ou réveillait le bébé mais la musique à laquelle il avait été habitué pendant la gestation. Lorsqu'un père chanteur ténor, qui avait chanté le même *aria* tous les soirs pour l'enfant que portait sa femme, chanta son *aria* au bébé deux jours après sa naissance, le bébé tout à fait réveillé, s'immobilisa, ouvrit les yeux et s'endormit brutalement en deux secondes. Le père fut mécontent, mais nous tenions une nouvelle preuve de l'accoutumance à un stimulus récurrent d'un organe immature pendant la gestation de l'être humain !

Il est important de continuer à travailler sur cette mémoire fœtale. Ce n'est peut-être pas fortuit si j'ai initialisé cette recherche sur le fœtus et l'importance de l'environnement prénatal. En effet, ma mère a failli mourir à la naissance de mon frère aîné. Très inquiète pour sa propre santé, elle me confia que, croyant être de nouveau enceinte deux ans plus tard, elle avait été terrorisée. Elle ne m'a pas dit la même chose à propos de ma naissance, quatre ans après celle de mon frère, mais je pense avoir vécu une vie intra-utérine avec une mère terrorisée, dans l'attente de ce nouvel accouchement.

Je me demande si j'ai raison de souligner l'importance du prénatal. En effet, s'il était avéré qu'il y a accoutumance à l'anxiété ou seulement à l'inquiétude, alors je ne serais pas comme je devrais être, étant donné la vie intra-utérine que j'ai connue, car je suis quelqu'un de très optimiste, qui prend la vie tout à fait comme elle vient.

La voix adressée

La voix de la mère empruntant des canaux aussi bien internes qu'externes, le fœtus peut l'entendre par son système auditif encore immature ou bien parce que la parole met en vibration l'ensemble du liquide amniotique dans lequel il baigne. Peut-être faut-il en déduire que l'important, c'est la vibration et non la voix. Nous avons testé cette hypothèse en comparant l'effet de la voix réelle parlée par la mère à celui de la même voix enregistrée. Lorsque celle-ci ne vient que de l'extérieur le fœtus réagit-il tout autant ? La réponse est oui, avec ce bémol que la réaction est fonction directe de l'intensité. Il continue à réagir à des intensités sur lesquelles il ne nous est pas possible de mettre en évidence une vibration. En effet, ceci n'exclut nullement qu'il puisse y avoir des vibrations que nous sommes incapables de mesurer *in utero*.

Je pense qu'il en va de même avec les bébés et les animaux : sous prétexte qu'ils ne disposent pas du langage, on a eu tendance à leur dénier toute intelligence et à les considérer comme de petits êtres qu'il faudrait nourrir, embrasser, garder propres, entourer d'amour et de protection, et c'est tout. Dans mon enfance, les parents n'apprenaient rien aux bébés, ce n'était qu'avec la scolarisation que la société commençait à leur transmettre quelque chose. Il ne venait à l'idée de personne de parler aux bébés et aux jeunes enfants. Quand on pense à tout ce que les parents transmettent maintenant aux enfants qui viennent de naître ! À l'époque on était à mille lieues de penser que le bébé avait la moindre chance de recevoir un message quelconque et encore moins d'y réagir. Mais, pour ma part, j'étais sûre et certaine que c'était le contraire. Je suis très calme, et je ne fais pas de bruyants esclandres, mais je suis un peu à l'image des vieux paysans : quand j'ai une idée en tête, je lui donne suite contre vents et marées, et on aurait du mal à me faire lâcher prise quand je suis persuadée d'avoir raison. Aussi, si je n'avais pas reçu l'autorisation de ma hiérarchie, j'aurais pris mes cliques et mes claques avec mon projet.

Avec cette nouvelle orientation de mes recherches vers un matériel humain, l'INRA ne se sentait plus concerné. Cependant, à la fermeture du laboratoire, après la retraite de mon mari, non seulement l'INRA n'a pas mis un terme à mon contrat mais, probablement pour récompenser de bons et loyaux services, a décidé de conserver les emplois de mes assistants et financé ces recherches jusqu'à la fin de ma carrière administrative, me demandant seulement de trouver un laboratoire pour m'accueillir. Ce qui fut fort aisé car disposant d'un poste, de tout l'appareillage, de crédits de fonctionnement et d'une assistante de recherche pour poursuivre l'expérimentation, je représentais plutôt un cadeau qu'une charge pour celui qui me donnerait asile, et je n'eus que l'embarras du choix

J'ai opté pour celui des Pr Pierre Roubertoux et Michèle Carlier, au laboratoire de génétique, neuro-génétique et comportement qu'ils dirigeaient. Il avait cette particularité que les patrons y travaillaient jour et nuit, tant il semblait inconcevable de montrer de l'amateurisme. À la faculté de médecine, rue des Saints-Pères, ils m'ont accueillie avec armes et bagages, m'ont affecté deux pièces pour abriter mon laboratoire et m'ont toujours laissé une parfaite liberté. J'ai passé avec eux des moments délicieux, qui m'ont comblée et intellectuellement stimulée. N'étant pas généticienne de formation, j'ai été en partie obligée de me recycler. Nous sommes restés amis à ce jour, malgré et grâce à cette cohabitation.

Lorsqu'ils sont partis à Marseille et Aix, j'ai recentré mes recherches sur le milieu hospitalier à Baudeloque, puis à Port Royal, et j'ai été accueillie dans un des bureaux du laboratoire de psychologie de l'enfant dirigé par Henriette Bloch, rue Gay-Lussac. J'y ai passé encore deux ou trois ans très agréables et productifs en parfaite collaboration.

Notre équipe était alors formée de moi-même, Carolyn Granier-Deferre – fidèle au poste –, Jean-Pierre Lecanuet du CNRS, spécialiste de l'empreinte chez l'animal, et des thésards qui acceptèrent des sujets permettant de répondre à certains des questionnements qui apparaissaient au cours de l'avancement des travaux.

Puis j'ai commencé à m'intéresser à la perception par le fœtus, non seulement de la communication parlée mais aussi de celle, non parlée, dite extra-sensorielle, faute de connaître son mode de réception. J'ai pris le chemin de l'hôpital Robert Debré où j'ai été très bien reçue par le Dr Olivier Sibony qui a mis son expertise et ses patientes au service de cette recherche.

– Moi, je n'y crois pas du tout, m'a-t-il signifié, mais je suis d'accord pour que vous poursuiviez vos recherches dans mon service.

Pour ma part, je récuse le terme « extra sensoriel » dans la mesure où je pense qu'il concerne encore du sensoriel, même s'il s'agit d'un sens que nous n'avons pas encore détecté, donc pas nommé, qui ne fait pas partie des cinq que nous connaissons, mais en constitue un sixième, que nous n'acceptons pas faute de parvenir, d'abord à le cerner et ensuite, à mettre en place une expérimentation à son sujet. Pour moi ce n'est qu'un sens parmi les autres.

J'ai choisi de laisser l'équipe que j'avais constituée et qui était bien implantée à Port-Royal. En effet, d'une part, je prenais ma retraite, de l'autre je désirais leur laisser prendre la suite, et me lançais moi dans une aventure que beaucoup jugeaient risquée scientifi-quement, ce qui leur aurait peut-être porté préjudice dans leur carrière. Ils sont restés à Port-Royal avec l'ensemble du laboratoire. Moi, je me suis exilée, dans la solitude, encore que bénéficiant à l'occasion du concours bienveillant de thésards que j'avais dirigés.

Une amie, Anne Heron, spécialisée dans les neuro-sciences, intéressée par tout ce qui touchait au cerveau, ayant trouvé mon travail captivant, m'a apporté son aide bénévole deux étés de suite pendant ses vacances. J'appréciais aussi qu'elle m'ait entrouvert la porte d'un domaine, le sien, que j'étais loin de maîtriser. Je ne saurai jamais lui exprimer suffisamment combien son soutien me fut précieux.

J'avais tiré ma révérence discrètement, un peu comme ma belle-mère m'avait laissé la place, sans bruit. Elle ne m'a jamais critiquée, pas une seule fois. J'avais beau ne pas vraiment représenter la bru qu'elle aurait souhaitée, qu'elle aurait estimée convenable pour son fils ; elle m'a acceptée avec toutes mes qualités et aussi tous mes défauts, dont certains ont dû lui être très pénibles.

— Je m'entends bien avec ma belle-fille, affirmait-elle sans cesse, parce que je garde toujours ma bouche fermée et ma bourse ouverte.

C'était vrai ! Elle était d'une sagesse extraordinaire. Elle est entrée en maison de retraite à soixante-douze ans en assurant ne pas vouloir être à la charge de ses enfants. Elle est décédée à quatre-vingt dix-neuf ans passés, nous étions justement en train de préparer son centenaire. Elle est ainsi restée en maison de retraite ses vingt-huit dernières années, juste histoire de ne pas gêner. Une femme d'une grande générosité. Il suffisait de faire appel à elle, elle était toujours présente. Jamais un reproche sur notre manière de vivre, sur ce que nous faisions, jamais une critique, jamais un commentaire. Qui dit mieux ? C'était une dame très digne. Je garde un immense respect pour elle.

Dans mes recherches sur la perception des sons par le fœtus, j'avais commencé par considérer les voix comme partie intégrante des bruits extérieurs arrivant jusqu'à lui. Puis j'avais restreint les voix à celle de la mère. L'étape suivante consista à chercher un nouveau moyen de détection et d'effets éventuels de la voix maternelle sur les comportements. Je trouvais chez le bébé né prématurément un modèle plus facile à observer que le fœtus, tout en conservant une physiologie immature. Je choisis donc d'observer des bébés nés prématurément dont les réactions comportementales à des stimulations sonores étaient visibles. J'ai décidé d'observer les réactions cardiaques – parce que visuelles et mesurables – d'une part à la voix de la mère s'adressant à n'importe qui sauf à son fœtus, et de l'autre, à la voix de la mère s'adressant à lui.

Pour le fœtus, seules les variations du rythme cardiaque nous indiquaient une réponse éventuelle. Par contre, sur le bébé prématuré, l'observation de son comportement représentait un supplément d'information. Dès lors, je me suis aperçue que, lorsque la mère parlait directement à son bébé, celui-ci changeait de comportement, ouvrait les yeux, était beaucoup plus présent ou au contraire s'endormait en un instant. De plus, son taux d'oxygène dans le sang croissait très rapidement. Sur le long terme, ses constantes physiologiques s'amélioraient et son poids augmentait rapidement si cette voix maternelle lui était offerte.

À l'époque il n'était pas encore entré dans la conscience de tous les parents que la communication avec le bébé à naître ou prématurément venu au monde puisse lui être bénéfique. C'est pourquoi une des nombreuses questions que je posais aux femmes consistait à leur demander si elles parlaient à leur bébé avant sa naissance. Une partie seulement répondait par l'affirmative, et parmi elles, certaines déclaraient qu'elles lui racontaient tout *in utero*, d'autres assurant qu'elles attendaient de le sentir bouger.

L'une d'elles cependant me fit cette réflexion :

— Oui, oui ! je lui parlais, mais enfin il n'est pas besoin de parler à son bébé pour se comprendre.

Je l'ai entendue ! Et ce fut une révélation ! Mais alors, me suis-je demandé, si on ne parle pas, comment circule la communication entre la mère et le bébé ? J'ai été amenée à tester la différence entre « je parle à mon bébé » et « je communique par voix intérieure ». Mais, du coup, les chercheurs, les médecins, les infirmières questionnaient:

— Qu'est-ce que cela veut dire « par voix intérieure » ?

— Mais oui ! Cela c'est facile ! s'exclamaient de nombreuses mères.

Cela m'a valu dix années supplémentaires de recherches, au cours desquelles j'ai comparé les essais de la voix de la mère parlant à un adulte ou parlant à son bébé et la communication silencieuse. Pratiquement toutes les femmes communiquent avec leur bébé par voix intérieure, que ce soit consciemment ou non. Même celles qui intellectualisent beaucoup, qui prétendent souvent n'utiliser que la voix mais recourent peut-être à la communication non verbale sans s'en apercevoir !

J'ai donc testé les trois sortes de communication : je me suis aperçue que les réponses de fœtus comme celles des bébés déjà nés étaient quasiment identiques à ces trois types de stimulation.

L'existence d'autres canaux de communication que la voie verbale est difficile à admettre. Ouvrir ma recherche et l'orienter vers la voix intérieure ciblée m'a causé du tort et j'ai dû faire face à beaucoup de désapprobation du monde scientifique. Dirais-je que j'étais arrivée à un âge où la désapprobation de mes pairs et le danger de perdre ma crédibilité scientifique furent plutôt une stimulation pour continuer ? Mes « chers collègues » me déconseillaient de présenter mes résultats en public.

— Marie-Claire, vous allez vous couvrir de ridicule, a prophétisé une de mes collègues. Non seulement personne ne va croire à « votre histoire », mais encore cela va ruiner toute la crédibilité de vos recherches antérieures.

Je ne me laisse pas intimider si facilement et j'ai quand même présenté mes travaux. Mais j'ai très bien senti que cela ne passait pas, il me semblait entendre leur chœur réprobateur :

— La mère Bubu, en vieillissant elle perd un peu la boule !

En écrivant ceci et en revivant l'ensemble de ma carrière, je suis heureuse d'avoir pu participer à un nouveau regard sur le fœtus, mais plus encore d'avoir proposé une autre voie de communication entre la mère et son bébé, de l'avoir publié, et d'avoir peut-être ainsi ouvert de nouveaux chemins de recherche. Ceux-ci sont actuellement devenus acceptables concernant certains pouvoirs psychiques de l'humain.

L'éthologie

Nous avions créé en France avec d'autres jeunes éthologues et quelques grands patrons, la Société Française d'Étude du Comportement Animal (SFECA) qui existe encore à ce jour. Son rôle principal consistait à réunir les éthologues français en dehors des congrès de la Société Internationale d'Éthologie qui réunissaient tous les quatre ans les éthologues du monde entier. Son président devait favoriser les contacts et choisir les lieux des congrès à venir. Konrad Lorentz, cocréateur de l'éthologie en Allemagne, en fut un des premiers présidents. J'ai eu le grand honneur d'être élue présidente de la société internationale pour 4 ans à la succession de Konrad Lorentz, au congrès d'Édimbourg. Au moment du banquet, lui, la référence mondiale, admiré partout mais déjà âgé, vint vers moi :

— Vous êtes le président désigné, m'expliqua-t-il, je devais prononcer le discours de clôture de ce congrès, mais je suis fatigué et je n'en ai pas envie, faites-le, me pria-t-il.

— Mais c'est impossible, monsieur ! Je n'ai rien préparé, refusai-je.

Il mit un genou à terre à mes côtés, dans cette grande salle de banquet

Quand Konrad Lorentz est à vos genoux !

Je cédai, comment faire autrement ? Ce fut une des grandes émotions de ma carrière.

La charge de président fut intéressante. Avec le vice-président et le secrétaire, nous visitions les différents laboratoires proposant d'organiser le congrès suivant. Ce fut pour moi une période enchantée, ornée de rencontres et de voyages passionnants.

J'acceptai cette présidence par passion pour l'éthologie – science encore dans les balbutiement – et pour l'honneur que cela conférait à la France, mais aussi et surtout parce que j'avais des visées réformatrices. En effet, je trouvais dommage de rassembler tant de chercheurs et de leur laisser un quart d'heure chacun pour dire un texte que tout le monde pouvait lire ailleurs. Les congrès devraient plutôt servir de tribunes de discussions entre chercheurs ! Mes préférences allaient vers une grande et prestigieuse conférence portant sur un sujet global le matin, suivie de tables rondes sur des sujets plus spécifiques donnant davantage d'occasions aux jeunes pour s'exprimer. À mon grand étonnement, mon projet fut battu en brèche par les plus jeunes, au motif qu'on risquait fort de voir les grands pontes confisquer les discussions et spolier les jeunes de la parole.

Mon autre vœu était de voir fusionner, l'Association Internationale d'Éthologie et l'Association Internationale de Neuro-éthologie, encore en gestation, car observer est une condition nécessaire mais non suffisante pour comprendre les phénomènes comportementaux. L'opposition à cet autre projet fut un crève-cœur, d'autant plus que par la suite l'Association de Neuro-éthologie se montra florissante, alors que l'Association d'Éthologie fut plutôt en perte de vitesse.

L'accompagnement par la technique de l'étude du comportement est indispensable. Maintenant, pour faire leurs observations, les équipes de recherche placent leurs caméras sur un animal étranger au groupe, mais qui fait partie de son environnement familier, par exemple une chouette pour les chimpanzés. On a pu, grâce à ce dispositif, remarquer que les chimpanzés sont capables d'empathie. En effet, lorsqu'un vieux mâle, chef de groupe, n'a pas reconnu un bébé pour sien et l'a tué, on a pu voir les femelles se jeter dans les bras les unes des autres et manifester chaudement le chagrin qu'elles ressentent.

Quelle possibilité d'observation fantastique !

Ce fut un des déclencheurs de mon intérêt pour l'étude de la communication acoustique entre la mère et le fœtus.

L'exil

Mon père, Centralien, ayant travaillé dans l'armement, était sur la liste noire des allemands. Il a été informé que si les choses ne tournaient pas à l'avantage de la France, il serait prudent de se replier en Afrique du Nord. Mais, étant optimiste, il n'y croyait pas et mon père, ma mère, mon frère et moi ne sommes partis qu'en dernière extrémité, en 1940. Nous avons été les avant-derniers à passer la frontière avec l'Espagne, où mon père avait un copain de Centrale à Madrid. Ayant un jour appris que l'on allait convoquer les Français à l'ambassade dans le but de leur retirer leurs passeports, il ne fut plus possible de rester.

— Vous devez partir, allez donc à Tanger, a conseillé le copain. C'est une ville internationale, vous aurez le temps de décider la suite.

Après ce court séjour à Madrid, l'exode a donc continué vers l'Afrique du Nord. Nous voulions rejoindre des amis à Casablanca, mais ils nous ont enjoint de rester à Tanger, pour éviter de se faire repérer, ayant quitté la métropole au risque de nous faire prendre nos passeports. Tout le monde cherchait à cette époque à quitter cette ville pourtant accueillante mais surpeuplée, où il était impossible pour des intellectuels de trouver du travail. Les pays les plus recherchés pour émigrer étaient l'Angleterre, le Canada – son attractivité étant de pouvoir continuer à parler français – et l'Amérique, avec une préférence marquée pour les USA. Nous sommes restés à Tanger quatre mois, de juillet à octobre.

Mes parents avaient lié des liens amicaux avec le consul de France qui vint nous avertir un jour :

— Vous savez, j'aimerais bien que vous partiez avant lundi, parce que lundi nous convoquerons tous les Français à venir faire tamponner leur passeport, mais laissez-moi vous dire que vous n'êtes pas près de les revoir ; aussi le mieux que vous ayez à faire, c'est de plier bagage, là, sous vingt-quatre heures.

Du coup, nous avons déposé en urgence une demande à l'ambassade d'Angleterre, qui nous a fait savoir sèchement :

— On veut bien les deux hommes mais pas les deux femmes.

— Je ne me sépare ni de ma fille ni de ma femme, a protesté mon père.

Mais obtenir un visa américain à Tanger relevait du miracle. Tout le monde le cherchait mais personne, à notre connaissance, n'en avait obtenu et nous, nous étions quatre.

Le Canada avait déjà refusé notre demande et pourtant mon père, ingénieur et inventeur, avait une attractivité réelle en temps de guerre.

Là-dessus, ma mère s'est rendue à l'ambassade des États-Unis, le pays que tout le monde espérait pouvoir rejoindre. Mais pour espérer un visa américain il fallait posséder des billets de bateau transatlantique. Or ma mère avait trouvé un bateau grec, le *Nea Hellas*. Sa grande beauté, son charme ont séduit le consul, qui a miraculeusement récupéré trois visas qui venaient d'être rapportés et un quatrième gardé pour une urgence et nous voilà partis !

C'était inespéré mais tout n'était pas gagné car afin de recevoir réellement les visas, il était nécessaire de démontrer que nous possédions le moyen de rejoindre les USA. Recherche de bateau, à l'époque seul moyen de traverser l'atlantique. Ma mère réussi à trouver quatre places sur un transporteur grec partant huit jours plus tard de Lisbonne. Pratiquement tout l'argent restant de ce que nous avions emporté avait été dépensé. Mes parents vendirent donc une belle tapisserie transportée avec difficulté jusque là en vue justement d'être vendue en cas de fonds insuffisants. Ce fut donc fait, les billets achetés sur le *Nea Hellas,* les visas USA en poche, il ne restait qu'à atteindre Lisbonne à temps.

Là encore suspense : après avoir acheté quatre billets sur un bateau de pêche qui nous aurait conduits à Lisbonne par la mer, une nouvelle règle se mit en place (le jour de notre supposé départ) interdisant aux bateaux de pêche de prendre des passagers ! D'où : ferry de

Tanger à Algésiras puis train et bus à travers le sud de l'Espagne pour atteindre le Portugal.

Moi, j'étais terrorisée à l'idée de prendre le bateau, étant sujette au mal de mer.

Pour ce trajet nous n'avions plus d'argent liquide du tout, nous couchions dans les gares ou les gares routières. Quand nous sommes passés à Séville, mon père nous donna le choix de déjeuner ou de visiter la cathédrale, n'ayant pas assez d'argent pour les deux. Malgré quelques réticences à se priver de nourriture, devant la beauté du lieu et sans doute pour montrer à notre père que nous étions dignes de lui, nous avons choisi la culture et pas la nourriture. Il nous offrit néanmoins un demi-sandwich chacun.

Les connexions par bus et train étaient tellement mauvaises que nous avons atteint Lisbonne le surlendemain du jour prévu : plus de bateau dans le port. Heureusement, à Lisbonne, mon père avait aussi un copain de Centrale, un homme très riche qui nous a invité à séjourner chez lui. Après les bancs des gares routières et les restrictions alimentaires, l'abondance de mets délicieux servis dans la belle argenterie et les draps en dentelles ! Byzance !

— Nous avons raté le *Nea Hellas*, a expliqué mon père à son camarade, nous ne savons pas de quoi nous allons vivre. Pouvons-nous t'emprunter de quoi payer de nouveaux billets et nous te rendrons cet argent plus tard.

— Ne vous en faites pas, répondit-il après quelques recherches, votre bateau a eu un accident en partant de New York, et il n'est même pas encore arrivé.

Le bateau n'était pas là, non pas parce qu'il était déjà parti, mais pas parce qu'il n'était pas arrivé ! Tout le voyage, cela a été ce mélange de « catas » suivies de miracles réparateurs.

Enfin le bateau arriva et on embarqua. Il était plein de réfugiés, principalement juifs d'Europe centrale, dont beaucoup d'intellectuels. Il y avait, par exemple, un grand professeur qui parlait vingt-huit langues, mais ni le français, ni l'anglais, ni l'allemand, si bien que nous ne pouvions pas communiquer avec lui. Mais dans l'ensemble les contacts sur le bateau étaient passionnants. Cependant c'était l'époque où les Allemands coulaient de nombreux bateaux. Cette perspective nous laissait plutôt indifférents, mon frère et moi, nous n'en étions pas vraiment conscients. Moi, j'avais surtout peur du mal de mer. En revanche, je pense que mes parents ont dû vivre sept jours d'angoisses profondes.

Enfin nous sommes arrivés à New York sains et saufs, mais il nous manquait un affidavit, le document attestant que quelqu'un pouvait vous héberger au besoin. Sans ce papier, impossible de poser le pied à quai ! Maman s'est souvenue que l'ambassadeur de Tchécoslovaquie (je crois), qu'elle avait reçu à Paris quand ils étaient riches, était maintenant en poste à Washington ; il n'avait pas oublié, et c'est ainsi que nous avons échappé à Ellis Island, un endroit épouvantable où étaient parqués les émigrés n'ayant pas tous leurs papiers, difficilement supportable paraît-il. Nous avons reçu les nôtres le lendemain après une nuit passée dans les hangars à bateaux. Nous avons ainsi enfin réalisé le rêve de tout réfugié à l'époque : entrer officiellement aux USA !

Comme nous n'avions plus un sou, nous nous sommes présentés à la Croix-Rouge. Ils nous ont habillés, nourris, nous ont trouvé de quoi nous loger, c'était extraordinaire ! Mais pour des gens qui avaient été richissimes comme mes parents, cela a dû être assez éprouvant.

Pour nous les enfants, c'était plutôt une aventure.

Les attaques du corps

Enfant, je n'étais pas très heureuse. Je n'étais pas très malheureuse non plus d'ailleurs. Mais je ne mangeais pas et j'étais toute fluette. J'avais une cousine de mon âge qui était grosse, et mon frère l'était aussi.

— Marie-Claire, mange ! ordonnait la nurse ; vous deux, ne mangez pas trop ! Vous deux, ne piquez pas dans l'assiette de Marie-Claire. Vous avez des régimes hypocaloriques, Marie-Claire a un régime hypercalorique.

J'entendais constamment :

— Marie-Claire, va faire la sieste après le déjeuner pour te faire grossir !

Mais quand Marie-Claire se lève de la sieste, les autres sont déjà en train de jouer. Ils ont joué depuis la fin du repas, puisque, eux, ils n'ont pas le droit de faire la sieste, de peur qu'elle ne les fasse grossir. Ce n'était pas très agréable, et je me suis toujours sentie en dehors des autres. Je n'étais pas malheureuse, mais je n'étais pas non plus heureuse parce que je manquais de copains ; je me sentais isolée, différente. La cousine et le frère formaient un groupe de gros et la maigre ne s'y sentait pas la bienvenue, étant différente.

La blennorragie que j'eus à six ans contribua à l'accentuation de ce sentiment d'être « autre ». Qui a une blennorragie à six ans ?! De plus, dans un milieu bourgeois ! Beaucoup plus tard, lorsque de nombreuses affaires de pédophilie devinrent publiques, je me suis demandé si cela ne venait pas d'attouchements. À l'époque, ma famille a prétendu que c'était une femme de ménage qui ne s'était pas lavé les mains, et elle a été renvoyée. Moi, sur le moment, je n'ai rien su, rien compris, rien demandé. Longtemps, pour me soigner, je reçus des injections d'un produit censé me guérir, horriblement douloureux. Lors de mes leçons de piano, chose que je détestais, je souffrais de me tenir assise sur le banc et sur la piqûre pour suivre les leçons. Heureusement, quand j'ai eu environ huit ans, on demanda à un grand pianiste de m'écouter. Le verdict fut :

— C'est une bonne élève mais sans plus.

Je fus ainsi sauvée car les leçons de piano furent supprimées.

Mes parents m'envoyèrent en Suisse en pension à dix ans, pensant probablement que le bon air des montagnes serait bénéfique à ma santé. Mais on me soignait toujours avec ces horribles piqûres. Ma nurse se fit engager dans la pension pour être près de moi, et elle continua à pratiquer les injections pendant la première année, à l'insu de tout le monde. À partir de mon arrivée en pension, je n'ai plus été anorexique. Nous faisions du ski, j'étais très bonne dans cette discipline, je gagnais des prix pour la pension. À Villars-sur-Olon, c'était merveilleux, j'ai adoré. J'avais enfin des amies et des libertés.

— Est-ce que tu veux revenir à Paris ? ont demandé mes parents.

— Jamais !

Cela a dû leur faire plaisir !

Dès que j'ai été réglée, j'ai eu des règles douloureuses. J'étais malade à chaque fois au point de rester prostrée dans mon lit. Cela revenait sans arrêt et tombait souvent le jour d'un examen ou d'une compétition ou d'une fête. J'ai détesté ça. Vivement la ménopause !

Je pense que j'avais de l'endométriose et que c'était ce qui me rendait si malade tous les mois, c'était l'horreur. L'été de mes trente-deux ans, en plein mois d'août, j'ai eu une grave hémorragie, j'ai perdu tant de sang que je me suis évanouie ; le jeune médecin remplaçant à l'hôpital a pris peur :

— Il faut immédiatement arrêter ce flot de sang, a-t-il déclaré affolé.

La seule solution lui parut être l'opération. Mais, en découvrant les ovaires et l'utérus kystiques, il décida de tout enlever.

J'ai été soulagée de ne plus avoir d'utérus : ne plus avoir de règles fut une libération totale. Rien d'autre dans ma vie ne m'a procuré cette sensation d'avoir enfin acquis le droit d'être, d'être une personne à part entière. D'autant plus que nous avions pris, d'un commun accord, Guy et moi, la décision de ne pas avoir d'enfant. Ce fut pour moi comme une deuxième naissance : j'étais enfin libre !

Je percevais néanmoins l'opprobre du personnel soignant. Comment peut-on être heureuse de ne plus avoir de possibilité d'engendrer ? semblait signifier l'attitude du personnel de l'hôpital.

Je fus soulagée mais le changement d'équilibre hormonal dû à l'ablation des ovaires et de l'utérus en pleine maturité hormonale transforma l'année suivante en calvaire. J'avais, entre autre, cinquante bouffées de chaleur par jour ! Commença alors un long processus d'essais et d'échecs afin de tenter de réduire l'inconfort hormonal. On m'avait prévenue :

— Attention, cancer du sein, pas d'apport extérieur d'œstrogène, pas d'hormone de remplacement.

Lorsque j'eus parcouru suffisamment d'articles scientifiques les plus récents de l'époque sur le sujet, pour être capable de faire l'état de la question, je me suis rendu compte que les risques de développer un cancer du sein, avec un traitement hormonal, n'augmentaient que de 0,3% !

Pouvait-on sérieusement soutenir qu'un risque accru de 0,3% était une hypothèse à prendre en considération ? J'ai trouvé un gynécologue qui a accepté de me prescrire une hormonothérapie de substitution en me posant des implants. Mais ce fut là encore ardu car ce traitement m'a provoqué des crises d'angoisse de toutes sortes, et en particulier j'étais devenue agoraphobe. Je ne pouvais plus mettre le pied à bord d'un bateau, ce qui m'a empêchée des années durant de rendre visite à mes parents à New York. Il a fallu un an pour qu'un gynécologue intelligent pressente que c'était typique d'un surdosage d'hormones et ôte les implants. Puis nous avons ajusté le dosage petit à petit, pendant plusieurs années, et, miraculeusement, tout a disparu comme c'était venu ! J'ai revécu, j'ai retrouvé ma liberté de pensée et ma liberté d'action ! Je suis enfin redevenue la femme libre que j'avais espéré être après cette douloureuse amputation.

Après propos

Avec ce récit non exhaustif et non chronologique nous voulions vous transmettre, chers lecteurs, quelques liens entre la vie personnelle et les orientations de recherche de Marie-Claire Busnel.

In utero *sa vie en gestation fut teintée d'angoisses dues aux difficultés subies par sa mère lors de l'accouchement précédent.*

Il était dès lors inéluctable que ses recherches en éthologie rencontrent les traces mémorielles de sa venue au monde et orientent ses travaux vers la communication non verbale précoce humaine.

Est-ce de n'avoir pas porté elle-même un enfant qui amplifia sa curiosité concernant cette expérience et conduisit d'autant plus ses travaux vers les relations entre les fœtus et leur mères ?

Enfin, il faut saluer les derniers travaux qui, prouvant l'existence d'une voix maternelle intérieure en dialogue avec son fœtus in utero*, sèment les graines pour les prochaines générations de chercheurs dans de nombreux domaines.*

Marie Chiocca

Je n'aimerai pas laisser se terminer ce récit parcellaire de mon parcours d'existence sans y ajouter un grain de sel final.

Non pas que je pense être à même d'en tirer des conclusions d'ordre philosophique dignes d'être conservées par la postérité.

Je souhaite clore une fructueuse aventure et tenter de trouver une phrase qui me permette de tirer ma révérence à ce monde en exprimant ma joie d'y avoir été invitée, mon enthousiasme d'avoir pu y participer, ma gratitude pour les dons qui m'ont été accordés.

Marie-Claire Busnel